Le toca a Guillermo

**Escrito e Ilustrado por
Anna Grossnickle Hines**

Children's Press®
Una División de Scholastic Inc.
Nueva York • Toronto • Londres • Auckland • Sydney
Ciudad de México • Nueva Delhi • Hong Kong
Danbury, Connecticut

Para Martha
—A.G.H.

Especialistas de la lectura
Linda Cornwell
Coordinadora de Calidad Educativa y Desarrollo Profesional
(Asociación de Profesores del Estado de Indiana)

Katharine A. Kane
Especialista de la lectura
(Jubilada en la Oficina de Educación del Condado de San Diego,
California y de la Universidad Estatal de San Diego)

Traductora
Jacqueline M. Córdova, Ph.D.
Universidad Estatal de California, Fullerton

Información de publicación de la Biblioteca del Congreso de los EE.UU.

Hines, Anna Grossnickle.
  [William's turn. Spanish]
  Le toca a Guillermo / escrito e ilustrado por Anna Grossnickle Hines.
    p. cm. — (Rookie español)
  Resumen: Guillermo no juega con los demás niños en el patio de recreo,
porque él está esperando su turno para tocar la campana al final del receso.
  ISBN 0-516-22357-7 (lib. bdg.)   0-516-26304-8 (pbk.)
  [1. Patio de recreo—ficción. 2. Libros en español.] I. Título. II. Serie.
PZ73 .H557212 2001
[E]—dc21

                                        2001028355

Beto y Brandon hicieron
rebotar la pelota.

Rosa y Rubí corrieron una carrera.

Jamal y Jenny brincaron diez veces.

Guillermo esperaba
que le tocara a él.
¿Ahora?

Todavía no.

Rosa y Rubí hicieron
rebotar la pelota.

Jamal y Jenny corrieron
una carrera.

Beto y Brandon brincaron
veinte veces.

15

Guillermo esperaba
que le tocara a él.
¿Ahora?

Todavía no.

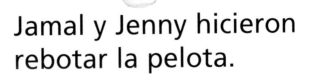

Jamal y Jenny hicieron
rebotar la pelota.

19

Beto y Brandon corrieron
una carrera.

Rosa y Rubí brincaron treinta veces

Guillermo esperaba
que le tocara a él.

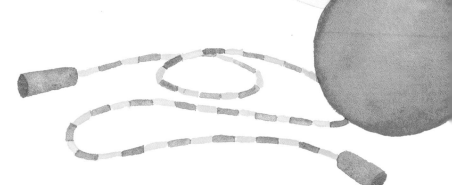

¿Ahora?

¡Ya!

Guillermo tocó la campana.

¡Y todo el mundo vino corriendo

Lista de palabras (38 palabras)

a	el	no	todo
ahora	él	pelota	treinta
Beto	esperaba	que	una
Brandon	Guillermo	rebotar	veces
brincaron	hicieron	Rosa	veinte
campana	Jamal	Rubí	vino
carrera	Jenny	toca	y
corriendo	la	tocara	ya
corrieron	le	tocó	
diez	mundo	todavía	

Sobre la autora e ilustradora

Anna Grossnickle Hines empezó a trabajar con niños en el salón de clases cuando enseñaba pre-escolares y tercer grado. Fue entonces cuando comenzó a utilizar su talento creativo para escribir e ilustrar libros para niños. Muchos de los más cincuenta libros que ha escrito y/o ilustrado han ganado premios y honores. Se puede visitar su website a www.aghines.com.